22 Décembre 1906 (handwritten)

marqué P (handwritten)

VENTE

HOTEL DROUOT, SALLE N° 6

LE SAMEDI 22 DÉCEMBRE 1906

à deux heures

OBJETS D'ART

ET

D'AMEUBLEMENT

PORCELAINES ET FAIENCES

OBJETS VARIÉS — PENDULES

MEUBLES

ÉTOFFES — TAPISSERIE

EXPOSITION PUBLIQUE

LE VENDREDI 21 DÉCEMBRE 1906

DE 1 HEURE 1/2 A 5 HEURES 1/2

COMMISSAIRE-PRISEUR	EXPERTS
Me **PAUL CHEVALLIER**	**MM. MANNHEIM**
10, rue de la Grange-Batelière, 10	7, rue Saint-Georges, 7

CONDITIONS DE LA VENTE

Elle sera faite au comptant.

Les adjudicataires paieront *dix pour cent* en sus des enchères.

Paris. — Imp. de l'Art, E. Moreau et Cⁱᵉ, 41, rue de la Victoire.

DÉSIGNATION

PORCELAINES ET FAIENCES

1 — Quatre assiettes en porcelaine de Chine moderne.

2 — Vase en céramique, flambée bleu.

3 — Tasse et soucoupe en porcelaine à fond bleu.

4 — Tasse et soucoupe à rocailles. Ancienne porcelaine de Chine.

5 — Théière, fruits et imbrications. Ancienne porcelaine de Saxe.

6 — Statuette de Terpsichore en biscuit de Berlin.

7 — Vase en biscuit anglais à fond bleu.

8 — Deux statuettes en porcelaine : Soldats.

9 — Six couteaux à manches d'ancienne porcelaine d'Allemagne : Personnages et imbrications.

10 — Deux vases en rocailles. Porcelaine blanche.

11 — Cinq assiettes, filets bleus et fleurs. Ancienne porcelaine tendre de Sèvres.

12 — Deux assiettes, fleurs et petites gaufrures. Ancienne porcelaine tendre de Vincennes.

350 13 — Petite tasse et sa soucoupe, guirlandes et filets roses. Ancienne porcelaine tendre de Sèvres.

455 14 — Théière avec couvercle et pot à lait, fleurs sur fond bleu. Ancienne porcelaine tendre de Sèvres surdécorée.

15 — Neuf assiettes, fleurettes en bleu, marli gaufré. Ancienne porcelaine de Chantilly.

16 — Douze assiettes, fleurettes en bleu. Même porcelaine.

215 17 — Tasse, branchages en relief. Ancienne porcelaine de Chantilly.

18 — Assiette, enfant en camaïeu bleu. Porcelaine tendre.

19 — Assiette, fleurs et gaufrures en spirale. Même porcelaine.

20 — Autre assiette, fleurs, filets bleus, marli gaufré. Même porcelaine.

21 — Quatre assiettes, marlis ajourés et à rinceaux. Porcelaine de Berlin.

22 — Six assiettes, fleurs, marlis gaufrés. Ancienne porcelaine de Saxe.

130 23 — Onze assiettes, fleurs. Ancienne porcelaine de Saxe.

24 — Assiette, fleurs, avec gaufrures au marli. Ancienne porcelaine de Saxe.

25 — Cache-pot en ancienne porcelaine de Vienne, décor de fleurs, anses surélevées.

235 26 — Dix-huit assiettes, filets bleus et fleurs. Porcelaine de Vienne.

27 — Figurine de bacchante en ancienne porcelaine de Saxe.

28 — Sucrier ovale, avec couvercle, en ancienne porcelaine de Saxe, décor de fleurs et insectes en camaïeu rose.

625 29 — Théière, pot à lait, flacon à thé avec couvercles, bol, présentoir ovale, six tasses à café, dix tasses à thé et seize soucoupes en ancienne porcelaine de Saxe, décor de fleurs et gaufrures sous couverte.

30 — Pot à lait, fleurs. Ancienne porcelaine de Saxe.

31 — Petite cafetière, fleurs. Ancienne porcelaine d'Allemagne.

32 — Tasse, paysanne et brebis. Porcelaine de Saxe-Marcolini.

33 — Tasse et soucoupe, fleurs et insectes. Ancienne porcelaine de Saxe.

34 — Tasse et soucoupe, médaillon, fond jaune. Porcelaine de Dagoty, époque Empire.

35 — Deux potiches, fleurs en bleu, rouge et or. Ancienne porcelaine du Japon.

205 36 — Vase, semé de caractères d'écriture en bleu. Ancienne porcelaine de Chine.

37 — Plat creux, scène familiale. Ancienne porcelaine de Chine.

38 — Compotier, décor rayonnant, arbustes. Ancienne porcelaine de Chine.

39 — Sept assiettes variées et un plat, faïence : personnages et lambrequins.

40 — Deux plats, décor bleu : femme et masque du soleil. Faïence espagnole.

41 — Deux plats creux variés. Faïence de Manissès.

42 — Quatre tasses variées. Ancienne porcelaine de Chine

OBJETS VARIÉS

43 — Boîte, de forme contournée, en ancienne porcelaine italienne, à décor de personnages et rocailles sur toutes les faces; fleurs au revers du couvercle.

44 — Miniature ovale : Portrait de femme assise à mi-corps, en corsage bleu décolleté; au revers, autre miniature : Portrait de femme, costumée en bergère. Epoque Louis XV. Cercle en cuivre.

45 — Miniature ovale : Portrait de femme, en buste, une draperie violette sur les épaules. Epoque Louis XVI.

46 — Reliquaire, affectant la forme d'un arbuste en fleurs, argent. Italie, XVIIIe siècle.

47 — Miniature : Femme jouant de la guitare.

48 — Boucle de strass, montée argent.

49 — Escarcelle à fermoir d'argent.

50 — Deux petits cadres variés, l'un en argent, l'autre en cuivre.

51 — Petite clé en argent au chiffre royal. XVIIIe siècle.

52 — Étui rond en ivoire, monté or, contenant une miniature : Portrait de femme.

53 — Trois étiquettes à vin en cuivre émaillé du XVIIIe siècle, et boîte ovale en cuivre gravé. Travail hollandais.

54 — Miniature, sujet galant, encadrée, et boîte en poudre d'écaille, ornée d'une miniature : Jeune femme en buste.

55 — Boîte en cristal, couvercle en argent.

56 — Petit reliquaire de suspension en cuivre et cristal.

57 — Petite bourse ornée de deux plaques en métal ajouré ; personnages.

58 — Petite corbeille en argent.

59 — Petit tire-bouchon en argent.

60 — Petit étui à rocailles en argent.

61 — Deux petits cœurs variés en argent doré.

62 — Petite plaque en ancien émail peint de Limoges ; atelier des Nouailhier.

63 — Partie de dévidoir en bois tourné.

64 — Deux consoles-appliques en bois doré.

65 — Deux burettes en verre bleu, décor en dorure, bouchons en argent du xviiie siècle.

66 — Éventail à monture d'ivoire argenté, feuille en satin peint à personnages. Époque Louis XVI.

67 — Éventail à monture de nacre peinte et dorée. Sur la feuille : le Char de Vénus. Époque Louis XV.

68 — Cadre en bois sculpté et doré à décor de feuillages, motifs Régence, ancres et fleurs de lys. — Haut., 1 m. 25 ; larg., 1 m. 05.

69 — Cadre en bois sculpté et doré, à rinceaux ajourés. — Haut., 39 cent. ; larg., 32 cent.

70 — Deux plateaux ronds, cuivre, fond de glace.

71 — Deux flambeaux en bronze, gravé à fleurs.

72 — Deux petites gravures, dans des cadres en bois sculpté.

73 — Bijou de sainteté, cadre rectangulaire, argent doré.

74 — Petite cassolette octogone en argent doré.

75 — Boîte ovale en argent émaillé bleu, à décor d'étoiles.

76 — Petite miniature sur cuivre : Portrait d'enfant. xviie siècle.

77 — Bénitier en cuivre.

78 — Boîte en argent doré, personnages et rocailles.

430 79 — Montre en or, partiellement émaillé : sujet galant.

80 — Boucle de ceinture en argent.

81 — Deux petits flambeaux, forme vases, en argent.

82 — Petit émail peint : Sainte Famille. Cadre en filigrane d'argent.

83 — Pupitre recouvert de cuir rouge doré. Commencement du XIXᵉ siècle.

84 — Plat en étain : amour.

85 — Petit tableau : Sainte Dorothée.

86 — Cadre ovale en bois doré, fronton à ruban.

87 — Boîte décorée au vernis, fleurs sur fond vert, contenant des flacons en cristal et des ustensiles en argent. XVIIIᵉ siècle.

88 — Etui chinois en ivoire.

89 — Deux éventails.

90 — Figurine de Napoléon en bronze.

91 — Coffret plaqué d'os gravé et avec peintures sous verre.

BRONZES, PENDULES

250 92 — Vase en porcelaine émaillée bleu ; monture en bronze à rocailles et fleurs.

500 93 — Deux candélabres à trois lumières en bronze, décorés d'oiseaux et de fleurs en porcelaine.

94 — Pendule en bronze à rocailles et fleurs.

95 — Deux flambeaux bas en bronze.

96 — Bouilloire avec réchaud en métal.

97 — Soupière avec couvercle en métal.

98 — Deux vases en bronze patiné sur bases en marbre jaune. Commencement du XIXᵉ siècle.

99 — Deux candélabres en bronze patiné à trois lumières sur tiges à colonnettes et pieds-griffes, bases en marbre jaune. Commencement du XIXᵉ siècle.

260 100 — Deux candélabres en bronze doré à figures et ro-cailles.

101 — Chenets et galerie en cuivre.

102 — Galerie de foyer en cuivre décorée de figures. Commencement du XIXᵉ siècle.

160 103 — Deux candélabres à quatre lumières, à rocailles, en métal.

104 — Pendule marbre rouge et bronze, à colonnettes. Commencement du XIXe siècle.

105 — Pendule à pilastres, marbres blanc et noir et bronzes. Commencement du XIXe siècle.

106 — Pendule à colonnettes, marbre blanc.

107 — Pendule bois noir et doré. XVIIIe siècle.

108 — Pendule à fronton, marbre blanc. Commencement du XIXe siècle

MEUBLES

109 — Commode, à trois rangs de tiroirs, en racine et bois de placage ; garnitures en bronze. Dessus de marbre. Epoque Régence.

110 — Table-coiffeuse en bois de placage ; pieds carrés cannelés.

111 — Deux encoignures, à deux portes, en bois de placage à quadrillés ; garnitures de bronze.

112 — Six fauteuils en bois sculpté, couverts en velours rouge d'Utrecht. Epoque Louis XV.

113 — Table-coiffeuse en bois de placage. Epoque Louis XVI.

114 — Bergère en bois sculpté et peint gris. Epoque Louis XVI. Elle est couverte en velours ciselé.

275 115 — Bureau à dos d'âne en marqueterie de bois de couleurs, à fleurs.

116 — Petite table à jeu, acajou et cuivre.

425 117 — Deux bergères en bois laqué blanc et or, couvertes en soie rayée jaune et blanc.

ÉTOFFES. TAPISSERIE

118 — Chape en satin blanc, broché à ramages jaunes. XVIIe siècle.

127 119 — Chape du XVIIe siècle en satin jaune broché.

120 — Châle des Indes.

121 — Echarpe en application.

122 — Echarpe en coton brodé.

123 — Panneau en satin rayé crème et vert.

124 — Couvre-lit brocatelle, dessin vert, fond jaune. Louis XIV. — Environ 10 mètres.

125 — Deux rideaux Renaissance, damas rouge. — Environ 32 mètres.

126 — Couvre-lit, damas rouge. Louis XIII.

127 — Portière brocatelle Renaissance, jaune et rose. — Environ 7 mètres.

128 — Couvre-lit brocart, crème. Louis XV. — Environ 11 mètres.

129 — Couvre-lit Louis XVI, rayé.

130 — Couvre-lit brocatelle jaune. Louis XIV.

131 — Grande portière Louis XVI, rayée.

132 — Deux couvre-lits, moire bleue. — Environ 15 mètres.

133 — Couvre-lit, filet.

134 — Couvre-lit, filet. Louis XIII.

135 — Tapisserie rectangulaire flamande de la fin du xvie siècle : Scène militaire. Bordure à personnages, animaux, feuilles, etc. — Haut., 3 m. 30 ; larg., 2 m. 20.